DEC 2 8 2006

**North Palm Beach Public Library**
303 Anchorage Drive
North Palm Beach, FL   33408

# VERDE NAVIDAD

Mrinali Álvarez Astacio
y Juan Álvarez O'Neill

Ilustraciones
Mrinali Álvarez Astacio

Texto basado en el cuento ilustrado
Carmen Leonor Rivera-Lassén

LA EDITORIAL
UNIVERSIDAD DE PUERTO RICO

*Para las abuelitas y los abuelitos*
*que llenaron nuestras vidas de amor.*

# PRÓLOGO

La fiesta de los Tres Santos Reyes, el seis de enero, se celebra de manera especial en Puerto Rico. La noche antes, los niños acostumbran dejar yerba, en cajas de zapatos, como alimento para los caballos de los Reyes Magos. A la mañana siguiente, las cajas aparecen vacías y acompañadas de regalos. Según la tradición, los caballos se comen con mucho gusto la yerba que les han dejado. Los niños cuentan los días para la llegada de los Reyes Magos observando la constelación de Orión. Esas estrellas se conocen popularmente como los Tres Reyes Magos.

Como parte de las fiestas en honor de los Reyes Magos, dos días después se celebra la fiesta del rey Melchor.

Carmen L. Rivera-Lassén

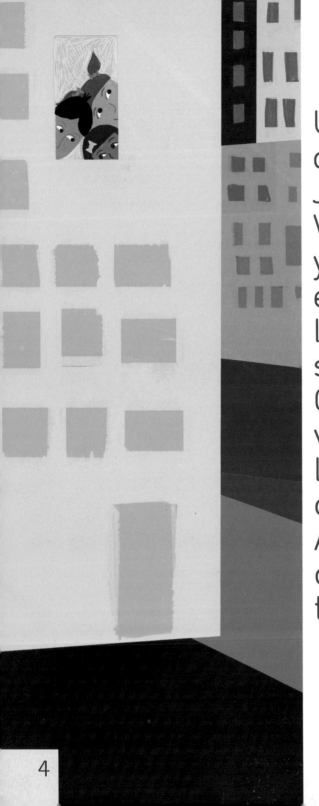

Un cinco
de enero,
Juanito,
Victoria
y Adelita
esperaban
la visita de
su Abuela
Cheli. Ella
venía todos
los años del
campo.
Allí todavía se
conservan las
tradiciones.

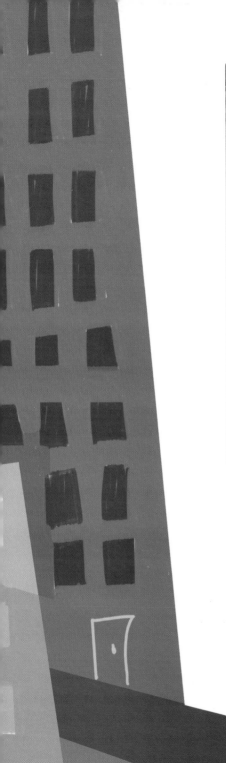

Abuela Cheli
tenía un bolso
adornado
con encajes.
En él traía
maravillas.
Traía cidra
abrillantada,
hojitas de
menta para el
té, juegos de
jacks, gallitos
de algarroba
y botellitas
llenas de
perfume con
olor a campo.

Abuela Cheli llegó por la tarde. Sacó del bolso una talla de madera de los Tres Reyes a caballo y tres cajas de zapatos. —Tienen que llenar las cajas de zapatos con yerba fresca y verde. Así van a alegrar a los caballos de los Reyes Magos —les dijo con voz dulce.

Juanito, Victoria y Adelita
salieron a buscar la yerba
para los caballos.
Miraron a su alrededor.
En la ciudad no había verde.
–¡Cemento y más cemento
gris! –refunfuñó Adelita.
Estaba desilusionada.
Ya no había nada verde.

Continuaron buscando.
– ¡Miren allí! –
gritó Juanito. Las sonrisas
aparecieron en sus caras.
Entre los edificios, vieron
un pedacito de color verde.

Pero cuando se acercaron...
tremenda desilusión.

Sólo era la
cartera verde de
una muchacha.
—Vamos.
Tenemos que
seguir— les dijo
Victoria a sus
hermanos.

Recorrieron casi toda la ciudad. Estaban cansados. Le preguntaron a una pareja de viejitos: —¿Dónde podemos encontrar yerba para los caballos de los Reyes?

—En la plaza —dijo el señor— en el centro de la ciudad. Allí está el único árbol que queda. Tal vez debajo de él crezca algo de yerba.

En medio de la plaza estaba el árbol. Era enorme y frondoso. Les pareció hermoso. Lo rodeaba una verja. Así nadie podía hacerle daño.

—No tiene yerba entre las raíces —se lamentó Juanito.

—Levántenme. Yo alcanzaré una hoja. —sugirió Adelita.

Las ramas estaban muy altas. No pudo alcanzar ni una hoja verde. Sólo caían hojas secas.

Regresaron a casa con las cajitas vacías. Estaban tristes.

Abuela Cheli sabía que estaban tristes y que querían dejarles yerba a los caballos para agradecer los regalos a los Reyes Magos. La abuela trajo una bandeja con jugo.

—Aquí tienen un juguito de limón de mi finca. Esto los va a animar— les dijo.

17

El papá
también los
vio tristes.
Se le ocurrió
una idea.

Sacó sus pinceles y
sus lápices de colores.
Todos pintaron de
verde unos papeles.
Los cortaron para que
parecieran yerba. Los
pequeños sonrieron.
Ya tenían qué dejar en
las cajitas.

19

Los niños estaban alegres y nerviosos.
Esa noche Abuela Cheli durmió con ellos.
Cuando se despertaron, las cajitas estaban
vacías. Había regalos por todo el piso del
cuarto. —¡Mira papá! ¡Un regalo para ti! —
gritó feliz Juanito.
El papá se sorprendió y sonrió cuando vió su
regalo. Era un tiesto con tierra y yerba verde.
También había un sobre con semillas.

Dos días pasó Abuela Cheli
jugando con sus nietos.
Al tercer día preparó su
bolso. También hizo tres
pequeñas maletas.
—¡Vamos al campo!
  ¡Vamos al campo!—
repetían los niños.

Se celebraba la fiesta del Rey Melchor. Todos iban a disfrutar el tiempo de las octavas fuera de la ciudad, donde los árboles crecían sin verjas.

El regalo de los Reyes
Magos germinó.
La ciudad se llenó de
verde. El próximo día
de Reyes habría yerba
para los caballos.

Colección
Nueve Pececitos ©

## TÍTULOS PUBLICADOS

**Serie Raíces:**
Las artesanías
Grano a grano
Los Tres Reyes (a caballo)
La fiesta de Melchor
Verde Navidad

**Serie Cantos y juegos:**
¡Vamos a jugar!
Pon, pon...¡A jugar con el bebé!

**Serie Ilustres:**
Pauet quiere un violonchelo

**Serie Igualitos:**
Asi soy yo
Mi silla de ruedas
Soy gordito
Con la otra mano

Los libros de la Colección Nueve Pececitos son lecturas para hacerlas con los familiares, con los maestros en la biblioteca o en el salón de clase, como lectura suplementaria, y para los niños que ya dominan la lectura.

## Serie Cantos y Juegos
Elementos de la tradición puertorriqueña resurgen a través de libros de nanas, canciones y juegos infantiles.

## Serie Raíces
Las raíces culturales que conforman al puertorriqueño son la base temática de estos textos. Estos libros abren las puertas al mundo de nuestras tradiciones.

## Serie Ilustres
Cuentos infantiles basados en la vida y obra de personajes que han tenido una presencia particular en nuestra historia. Hombres y mujeres cuyo legado debe ser conocido por las nuevas generaciones.

## Serie Igualitos
Se explora cómo debemos incluir a todos los niños y niñas en las actividades diarias y en el salón de clase, sin importar que luzcan de manera diferente o tengan algún impedimento físico.

## Serie Mititos
La fantasía y la realidad parecen fusionarse para presentar los relatos con que nuestros antepasados explicaban los misterios del universo.

Primera edición, 2006

*Verde Navidad*
ISBN: 0-8477-1564-7

Juan Álvarez O'Neill y Mrinali Álvarez Astacio
Ilustraciones: Mrinali Álvarez Astacio
Texto: Carmen L. Rivera-Lassén
Diseño: Víctor Maldonado Dávila
Somos La Pera, Inc.

La Editorial agradece la colaboración
de las maestras y los maestros evaluadores:
Yahaira M. Amézquita Cepeda, Marilyn Lebrón Crespo,
Verónica López Cabán, Margarita Martínez Olmedo,
Manuel Otero Garabís, Evahilda Rodríguez y
Enrique E. Silva Rivera.

Impreso por Imprelibros S.A.
Impreso en Colombia - Printed in Colombia

LA EDITORIAL
UNIVERSIDAD DE PUERTO RICO
Apartado 23322, San Juan, Puerto Rico 00931-3322
www.laeditorialupr.com